EUGÈNE HÉROS & NOEL VILLIERS

Le
Pont d'Avignon

COMÉDIE-VAUDEVILLE

PARIS. — I
P.-V. STOCK, ÉDITEUR
Ancienne Librairie TRESSE & STOCK)
27, RUE DE RICHELIEU
—
1902

LE PONT D'AVIGNON

COMÉDIE-VAUDEVILLE

Représentée pour la première fois à Paris, sur la scène
du GRAND-GUIGNOL, le 9 Mars 1902.

P.-V. STOCK, Éditeur, PARIS

DE M. EUGÈNE HÉROS

En Livrée, vaudeville en un acte.
La Partie de Baccara, idem.
Leur Bonheur ! idem.
Le Cartel, idem.

Les Lyriques . . . . 1 vol.

EUGÈNE HÉROS & NOËL VILLIERS

LE
PONT D'AVIGNON

COMÉDIE-VAUDEVILLE

PARIS. — I

P.-V. STOCK, ÉDITEUR

(Ancienne Librairie TRESSE & STOCK)

27, RUE DE RICHELIEU, 27

—

1902

PERSONNAGES

LEFRANGIN........	MM.	BELLUCCI.
LE COMTE ARMAND DE		
TUDIEU.........		ALERME.
OSCAR BOBŒUF.....		BRIZARD.
UN MUNICIPAL.......		CHARTOL.
LE DOCTEUR FALEAU...		CARPENTIER.
HEMM-HILL.........		RATINEAU.
MADAME TANCHU.....	Mmes	IRMA PERROT.
MÉLANIE...........		MARION DAVENAY.

———

A Paris, de nos jours.

———

Liste des accessoires

Table avec tapis. — 4 chaises-fauteuils. — Canapé. —
Garniture de Cheminée. — Tableaux. — 1 meuble salon.
Tentures portes premier plan. — Plateau, bouteille Cognac, 8 verres. — 2 poupons. — Timbre électrique en coulisse, cour.

LE

PONT D'AVIGNON

Un salon. — Portes à gauche et à droite, deuxième plan. —
Porte au fond avec deux chaises l'encadrant. — Après la
chaise de droite, un meuble, puis la cheminée ; en scène à
gauche, premier plan, un canapé. — En scène à droite, premier plan, un fauteuil, puis une table avec des petits verres et
flacons à liqueurs, puis une chaise. — A gauche et à droite,
premier plan, tentures de porte.

SCÈNE PREMIÈRE

MADAME TANCHU, sortant d'une chambre de fond. —
Grand temps.

Ah !.. Sainte Vierge !.. Déjà !.. On a beau s'y atten-
dre, ça vous donne un coup tout de même !... (Elle
vientà la table, se verse un petit verre et boit. — Appelant.)
Mélanie !... Mélanie !... (venant au fauteuil.) Mon cœur
s'en va... je n'ai plus de jambes !... (Elle tombe sur le

fauteuil.) Mélanie !.. Elle ne viendra donc pas, cette toupie-là ? Mélanie !..

SCÈNE II

MADAME TANCHU, MÉLANIE.

MÉLANIE, fort accent campagnard, vient du deuxième plan gauche au milieu.

Me v'là ! Me v'là !..

MADAME TANCHU.

C'est heureux !.. Qu'est-ce que vous faisiez encore, à l'office ?

MÉLANIE.

L' garçon épicier étiont en train de m' cajôlais, alors, j'ai pas entendu tout de suite.

MADAME TANCHU, se levant et allant à Mélanie.

Prenez garde !.. A force de vous faire « cajôlais », il vous arrivera ce qui est arrivé à ma fille...

MÉLANIE.

Oh ! moi, j' sis une honnête fille ! Ça s'arrête avant la bagatelle !

MADAME TANCHU.

A l'avenir, tenez-vous mieux. Et n'oubliez pas que vous êtes ici dans une maison convenable... Mais assez sur ce sujet !.. Il y a des chances pour que nous ayons du nouveau avant qu'il soit longtemps...

MÉLANIE.

C'est-y Dieu possible ?.. Madame va avoir un héritier !..

MADAME TANCHU.

J'en suis toute retournée! (Elle achève son petit verre à la table.) Heureusement qu'à tout hasard, j'ai prié les amis de ma fille de passer ici ce matin... Vous avez bien prévenu le médecin des Folies-Electriques, le concert de ma pauvre chérie?

MÉLANIE.

Oui, madame.

MADAME TANCHU.

Et M. Lefrangin, son directeur?

MÉLANIE.

Oui, madame.

MADAME TANCHU.

Et les deux messieurs de ma fille?

MÉLANIE.

Monsieur de Tudieu et monsieur Bobœuf? Oui, madame.

MADAME TANCHU.

Bon. Maintenant, comme comme le docteur aura besoin d'être assisté, il faut avertir la garde. Je vais vous donner son adresse...

Elle pose son verre sur la cheminée.

MÉLANIE, tournée vers elle.

La garde?.. Bon! bon! Je sais ousqu'elle perche!

MADAME TANCHU.

Alors, dépêchez. (Mélanie passe à la porte droite et se retourne vers madame Tanchu.) La cuisinière ouvrira pendant votre absence. Et surtout, ne vous laissez pas « cajôlais » en route!

MÉLANIE.

Pour qui madame me prend? J' me fais jamais « cajôlais » par deux hommes dans la même journée.

Elle sort à droite.

SCÈNE III

MADAME TANCHU, seule.

Elle remonte à la porte de la chambre du fond et l'entrebâille.

Eh bien, ma chérie?.. Cela va-t-il un peu? Pauvre chat, va !... Après tout, ce n'est qu'un mauvais moment à passer... Qu'est-ce que tu dis?... Qu'on voit bien que je ne sais pas ce que c'est?... C'est vrai... (Au public, venant au milieu.) Tu as raison, va !... Feu Tanchu, mon triste époux, n'en fichait pas une broque !... (s'asseyant sur le canapé.) Mais, bien que je ne sois que ta tante, je te parle comme si j'étais ta mère, puisque tu me donnes trois cents francs par mois pour en tenir l'emploi... Et je t'ai toujours prodigué des bons conseils... Si tu les avais suivis, tu n'en serais pas là ! (Au public.) Mais voilà... c'est jeune... ça ne prévoit rien... Ah ! jeunesse !... Au moins, que ça te serve de leçon pour l'avenir ! (Elle va à la table et se verse un petit verre.) La journée sera rude... prenons des forces. (Elle boit. — Coup de sonnette.) Qu'est-ce que c'est?..

SCÈNE IV

MADAME TANCHU, LE DOCTEUR FALEAU,

entrant deuxième plan droite.

MADAME TANCHU.

Ah ! C'est le docteur Faleau.

LE DOCTEUR.

Bonjour, madame Tanchu. Vous avez besoin de la Faculté ?

MADAME TANCHU, lui prenant son chapeau qu'elle pose sur la cheminée.

Mélanie ne vous a rien dit ?

LE DOCTEUR, venant devant le fauteuil.

Elle n'est pas entrée. C'est ma bonne qui m'a fait la commission.

MADAME TANCHU, descendant au milieu.

Eh bien, docteur, ma fille...

LE DOCTEUR.

Yaya... mademoiselle Yaya, veux-je dire...

MADAME TANCHU.

Ma fille a besoin de vos soins... Elle va être mère !..

LE DOCTEUR, se laissant tomber sur le fauteuil.

Ah ! mon Dieu !.. Elle va... elle va. . Déjà !.. Ah !..

Il se trouve mal.

MADAME TANCHU.

Il tourne de l'œil ?... Eh bien, qu'est-ce qu'il a

donc ?... Docteur !... Voyons, docteur !... Faut-il que
j'envoie chercher un médecin ?...

LE DOCTEUR, se levant et descendant d'un pas.

Un médecin ? Non... non... ça va mieux... Merci...
(Au public.) Déjà !.. Non, non, ce n'est pas possible !..
(Comptant sur ses doigts.) Février, mars... après tout,
c'est possible...

MADAME TANCHU.

Qu'est-ce qu'il rumine ?

LE DOCTEUR, avec émotion.

Madame Tanchu, il faut que je vous embrasse !
(Il l'embrasse et l'amène au canapé, où tous deux s'assoient.)
Cette bonne Yaya !.. (se laissant aller.) C'était un soir,
dans sa loge... N'est-ce pas, moi comme médecin de
l'établissement, je vais partout... Donc, ce soir-là,
Yaya était seule... Le municipal qui, d'ordinaire,
garde sa porte pour qu'on ne dérobe pas ses bijoux,
s'était absenté... Alors,..

MADAME TANCHU.

Alors ?..

LE DOCTEUR.

Alors, je vous l'ai dit, madame Tanchu... Je suis
le médecin du théâtre...

MADAME TANCHU.

Vous allez partout.

LE DOCTEUR.

Partout ! (Se reprenant.) Et ce soir-là, Yaya m'ayant
demandé de l'ausculter, je l'auscultai...

MADAME TANCHU.

Voilà !.. (Elle se lève.) Il s'agit de la bien soigner.

Elle va ouvrir la porte du fond.

LE DOCTEUR, se levant.

Si je vais bien la soigner !... Je vous crois ! Et le
petit, donc ! Je m'en occuperai comme d'un fils !...
Comme de mon fils, madame Tanchu !

MADAME TANCHU.

Docteur, ma fille s'agite...

Elle descend au milieu.

LE DOCTEUR, remontant au fond.

C'est bien. J'y vais... Que personne ne pénètre,
excepté la garde que vous m'avez promise... Ah ! ma
bonne madame Tanchu !... Quelle émotion !... En
faut-il, du courage !.. J'en aurai !.. J'en aurai !..

Il donne son pardessus à madame Tanchu et sort au fond.
— Madame Tanchu pose le pardessus sur la chaise
fond droite.

SCÈNE V

MADAME TANCHU, seule, revenant au milieu.

Un type, ce docteur... Quand on est si sensible que
ça, on n'exerce pas... On fait de la politique !.. Pauvre Yaya !.. Evidemment, ce n'est qu'un moment à
passer... mais c'est tout de même un vilain moment...

Elle chante.

Les douleurs sont des folles...

On sonne.

SCÈNE VI

MADAME TANCHU, MÉLANIE.

MÉLANIE, venant au deuxième plan, à droite.

Madame, la garde est prévenue, et il y a là monsieur Lefrangin, le directeur des Folies-Electriques...

MADAME TANCHU.

Vite, faites-le entrer.

Mélanie sort, deuxième plan droite dans l'antichambre, introduit le directeur et sort deuxième plan droite.

SCÈNE VII

MADAME TANCHU (1), LEFRANGIN (2).

LEFRANGIN, entrant deuxième plan droite.

Eh bien ?..

Il donne son chapeau à madame Tanchu, qui le pose sur la cheminée à côté de celui du docteur.

MADAME TANCHU.

Le moment approche...

LEFRANGIN, passe et va vers le canapé.

Noël !.. Noël !.. Peut-on voir Yaya ?

MADAME TANCHU, venant au milieu.

Vous n'y pensez pas !.. Elle est trop occupée... Et le docteur, qui est auprès d'elle, a défendu la porte.

LEFRANGIN.

Soit .. Et puis, je ne suis pas fâché d'être un moment seul avec vous, madame Tanchu... J'ai une confidence à vous faire.

MADAME TANCHU, le fait asseoir sur le canapé, va prendre la chaise gauche au fond qu'elle descend près du canapé, et s'y asseoit face au public.

Une confidence? Allez-y!

LEFRANGIN, à part.

Hum!.. (Haut.) Vous n'ignorez pas, madame Tanchu, que de nos jours on a poussé la fabrication du meuble jusqu'à son plus haut degré de perfectionnement...

MADAME TANCHU.

Je vous vois venir... Vous allez offrir à Yaya, pour ses relevailles, un joli mobilier!...

LEFRANGIN.

Non... Ainsi, j'ai dans mon bureau un fauteuil d'une confection toute particulière... Son capiton a des courbes tellement douces, que quand on s'y assied on se laisse aller comme dans un hamac...

MADAME TANCHU.

Bon, ça, pour la sieste!

LEFRANGIN.

Ne m'interrompez pas... Quand une nouvelle pensionnaire vient signer un engagement, je lui offre le fauteuil en question... Il se passe alors, chez la jeune personne, un phénomène psychologique bizarre... La mollesse de sa position, la caresse discrète des ressorts l'incitent à de douces pensées... La pauvre enfant n'est pas assise de cinq minutes qu'elle se met

à tenir, comme malgré soi, les propos les plus sug-
gestifs...

MADAME TANCHU, se levant.

Elle dit des cochonneries, quoi !...

Elle se rassied.

LEFRANGIN.

Comme vous comprenez vite ! (Reprenant.) Alors,
moi, par politesse, car vous le savez, madame Tanchu, ma réputation d'urbanité me vaut d'être appelé
« le jeune et sympathique directeur » dans les jour-
naux... (A part.) Cinq francs la ligne !... (Haut.) par
politesse, je suis obligé de me mettre à l'unisson et
de ne pas laisser tomber cette conversation... et je
suis très... bavard !... Entre nous, je possède un tempérament de fer...

MADAME TANCHU.

On n'est pas de bois !

LEFRANGIN.

Lorsque mademoiselle votre fille vint dans mon
cabinet pour signer son engagement, elle s'assit,
comme par hasard, dans ce fauteuil de perdition !...
Voilons-nous la face, madame Tanchu !... Ce qui de-
vait arriver arriva !...

MADAME TANCHU.

Fatalité des fatalités !

LEFRANGIN.

Yaya ne manqua pas d'y venir chaque jour, après
la répétition, s'y reposer un moment...

MADAME TANCHU.

Ma pauvre enfant !

LEFRANGIN, passant.

Et voilà comment les choses se sont passées !...
Vous savez tout... J'attends .. (Il prend un verre sur la
table et boit sans la regarder)... dans l'attitude du plus
humble et du plus repentant des coupables l'explosion
de votre légitime fureur maternelle...

MADAME TANCHU, se levant.

Dites donc... mais vous n'avez pas dû vous em-
bêter !...

LEFRANGIN.

J'ai fait ce que j'ai pu...

Madame Tanchu replace la chaise au fond à gauche, passe
devant Lefrangin et va à droite de la table.

MADAME TANCHU.

Paix et postérité aux hommes de bonne volonté...
Je vous bénis, mon fils !...

LEFRANGIN.

Ah ! maman !...

MADAME TANCHU (2), à droite de la table, versant à
boire.

A la vôtre !

LEFRANGIN. (1)

Et à celle du petit... du petit que Yaya va mettre
au monde... je pourrais dire au demi-monde. D'ail-
leurs, il ne sera pas sans guide dans la vie... Nous
sommes là, madame Tanchu!

MADAME TANCHU.

On est là, pour un coup!

Ils boivent ensemble et s'asseoient.

LEFRANGIN.

Je sais que votre fille a une double liaison illégitime

des plus régulières... Deux hommes ont l'honneur de subvenir à ses besoins : Le fils de monsieur Oscar Bobœuf, le fils du riche industriel qui a donné, grâce à sa fabrication de linge américain, un si haut relief au commerce français... et le comte Armand de Tudieu, signalé à l'attention des sportmen par ses chutes nombreuses sur l'hippodrome d'Auteuil...

MADAME TANCHU.

Du beau monde, quoi !

LEFRANGIN.

Ces messieurs ont le devoir d'épargner à Yaya les soucis de l'existence... (Il se lève, vient à gauche et se retourne vers elle.) Il m'appartient, à moi, d'assurer l'avenir de la mère de mon enfant !

MADAME TANCHU.

Eh bien ! Vous n'êtes pas un mufle, vous.

LEFRANGIN.

Voici donc ce que je vais faire : A dater du jour de sa rentrée, mademoiselle Sylvia de la Garenne, notre Yaya, qui passait dans mon spectacle en numéro un, avec 90 francs par mois, passera en numéro trois, avec 120, matinées payées.

MADAME TANCHU, se levant et venant à lui.

Matinées payées !

LEFRANGIN.

Quant à l'enfant...

MADAME TANCHU.

Vous allez le reconnaître !...

LEFRANGIN.

Mieux que ça !... Me sacrifiant pour lui, j'étouffe-

rai la voix du sang, et saurai faire passer le bonheur
du cher petit avant mon amour-propre paternel...

MADAME TANCHU.

Comment cela ?

LEFRANGIN.

Je travaillerai de ses intérêts avec les protecteurs
de votre fille... et .. je ne vous en dis pas plus long!...

SCÈNE VIII

Les Mêmes, LE DOCTEUR.

LE DOCTEUR (2), entrant du fond, vient au milieu.
Eh bien, madame Tanchu, cette garde?...

MADAME TANCHU (3).

Je l'attends d'un moment à l'autre ..

LEFRANGIN (1).

Tiens, le docteur Faleau !

Madame Tanchu remonte à la table.

LE DOCTEUR.

Bonjour, mon cher directeur! Ça va?

LEFRANGIN.

Trois mille cinq tous les soirs. Et vous?

LE DOCTEUR.

Vingt-huit visites cette semaine, une jambe coupée
et une petite opération césarienne.

LEFRANGIN.

Parfait !... Et... (Désignant la chambre)... là?

2

LE DOCTEUR.

Ne m'en parlez pas!... (Il s'assied sur le canapé.) Je frémis en songeant que le moment arrive... Madame Tanchu, remplacez-moi cinq minutes, voulez-vous?... Je crois que je vais encore me trouver mal...

MADAME TANCHU.

Quelle femmelette!

Elle sort.

SCÈNE IX

LEFRANGIN, LE DOCTEUR.

LE DOCTEUR (2).

Mon cher ami, votre main!

LEFRANGIN (1).

Je ne suis pas malade.

LE DOCTEUR.

Hélas!... c'est moi!

LEFRANGIN.

Qu'est-ce que vous avez?

LE DOCTEUR, se levant.

Je suis dans une situation épouvantable!

LEFRANGIN.

Bah?...

LE DOCTEUR.

Tel que je vous le dis! (A demi-voix.) Etes-vous discret?

Ils sont tous deux un peu à droite.

LEFRANGIN.

Comme le War-Office!

LE DOCTEUR.

Alors, écoutez-moi... cet enfant qui va naître...
c'est mon enfant!...

LEFRANGIN.

C'est une blague?

LE DOCTÉUR.

Je me connais, peut-être! .. Je suis terrible quand
je m'y mets... Un tempérament de fer!...

LEFRANGIN.

Oui, on n'est pas de bois... c'est entendu.

LE DOCTEUR.

Mais je suis un honnête homme... Puisque j'ai fait
le mal, je veillerai à écarter toute conséquence fâ-
cheuse...

LEFRANGIN.

Vous êtes fou!

LE DOCTEUR.

Yaya a une situation à sauvegarder... Me sacrifiant pour elle, j'étoufferai la voix du sang, et saurai
faire passer le bonheur du cher petit avant mon
amour-propre paternel!

LEFRANGIN.

Ah bah?...

LE DOCTEUR.

Soyez muet... comme toute la garde d'un sérail!...

LEFRANGIN, furieux.

Pourquoi diable venez-vous me raconter ça?

LE DOCTEUR.

Pour me soulager... Je retourne là-bas, victime du devoir... Motus, hein?...

LEFRANGIN.

Oui, oui, c'est compris !

LE DOCTEUR. „

Si vous étiez gentil, vous viendriez avec moi.

LEFRANGIN.

Mais je ne suis pas sage-femme !

LE DOCTEUR.

C'est pour me soigner, moi, si je me trouve mal ! Je suis dans une situation si terrible, pour un père...

LEFRANGIN, remontant, à part.

Pour un père ! C'est qu'il le croit, l'animal ! (Haut.) Allons voir la malade.

LE DOCTEUR, allant à lui.

Merci ! Je me souviendrai de votre obligeance... Vous êtes un brave homme, Lefrangin !

Ils sortent au fond. — Coup de sonnette. — Un temps.

SCÈNE X

MÉLANIE (2), BOBŒUF (3), LE COMTE (1).

MÉLANIE, vient du deuxième plan droite et se met devant la cheminée, où elle dépose les chapeaux.

Entrez, messieurs. La vieille va être à vous tout de suite !

Le comte et Bobœuf entrent rapidement et vont de suite

à l'avant-scène. — Après leur entrée, Mélanie vient au
milieu, deuxième plan.

Et, puis, si vous venez pour la chose, vous n'at-
tendrez point longtemps... Il paraît que c'est l'affaire
d'une petite demi-heure !

Elle sort à gauche, deuxième plan.

SCÈNE XI

BOBŒUF, LE COMTE.

Tous deux cherchent à entamer la conversation. — Moment
de gêne. — Ils finissent par venir l'un à l'autre.

BOBŒUF (2).

Monsieur...

LE COMTE (1).

Il me semble, monsieur, que j'ai déjà eu l'honneur
de vous rencontrer...

BOBŒUF.

En effet... Monsieur le comte de Tudieu, n'est-ce
pas?... Je suis, moi, monsieur Oscar Bobœuf.

LE COMTE.

Je ne peux que me féliciter du hasard qui nous
met aujourd'hui l'un en face de l'autre...

BOBŒUF.

Parlons sans détours... Le hasard n'a rien à voir
dans notre rencontre... Nous sommes ici parce que
mademoiselle Sylvia de la Garenne, notre amie com-
mune, nous en a priés tous les deux.

LE COMTE.

J'aime cette franchise. Vous êtes un galant homme, monsieur, et il me serait pénible d'user de diplomatie là où la diplomatie n'a que faire...

BOBŒUF.

A la bonne heure!... (Ils s'asseyent : le comte sur le canapé, Bobœuf sur le fauteuil) Donc, voici la situation : Moyennant des mensualités d'une importance appréciable, nous nous partageons, vous et moi, les faveurs officielles de mademoiselle Sylvia de la Garenne...

LE COMTE.

Les lundis, mercredis et samedis, vous sont réservés. J'ai, moi, les mardis, jeudis et dimanches. Quant aux vendredis...

BOBŒUF.

Yaya, qui a ses principes religieux, les consacre à la prière et au repos...

LE COMTE.

La vie, tranquille et joyeuse pour tous, s'est écoulée facile dans cette double union. Mais, voilà : cette double union, le ciel a voulu la bénir, et en ce moment même Yaya met au monde un enfant qui est certainement de vous, à moins qu'il ne soit de moi...

BOBŒUF.

L'axiome *Pater is est* n'a rien à faire ici, la mère n'ayant pas connu la joie des justes noces...

LE COMTE.

Elle l'a faite, la noce, de si bonne heure!

BOBŒUF.

Mais la petite créature que nous attendons n'en doit pas moins avoir un nom : le vôtre... ou le mien.

Or, quelle que puisse être notre intime conviction,
nous ne sommes pas plus désignés l'un que l'autre à
revendiquer cette paternité... (se levant et venant au
comte.) J'ai donc pensé à ceci, monsieur le comte...
Si, pour nous tirer de peine, nous nous en rapportions
à la ressemblance?

LE COMTE.

La ressemblance?

BOBŒUF.

Le ciel inscrira sans doute lui-même sur le visage.
de l'enfant le nom de son père...

LE COMTE.

Mais vous, vous battez le record de Salomon! Quel
bon sens pratique!

BOBŒUF.

L'habitude des affaires!

LE COMTE.

Votre nom est la gloire du Bottin, monsieur!

BOBŒUF.

Et le vôtre, monsieur, l'honneur du Gotha!

LE COMTE.

Touchez là! Je pardonne à la bourgeoisie la révo-
lution de 89.

BOBŒUF.

Et moi, je veux bien oublier le Parc aux Cerfs et
la révocation de l'Edit de Nantes... Vous accepterez
bien, monsieur le comte, quelques échantillons du
linge américain que je fabrique à Aubervilliers?...

LE COMTE.

Je ne porterai plus d'autres manchettes que vos
manchettes, d'autres plastrons que vos plastrons!

BOBŒUF.

Oh! merci! merci!

LE COMTE.

La comtesse de Tudieu, ma noble mère, avec qui
j'habite, reçoit le mardi. J'espère que vous consen-
tirez à lui être présenté?

BOBŒUF.

Avec le plus grand plaisir! (Ils se serrent les mains.)
Nous voilà une paire d'amis, maintenant!

LE COMTE, souriant.

Amis? Mieux que cela! compères!...

BOBŒUF.

C'est juste!

Tous deux sont à gaucche, devant le canapé.

SCÈNE XI

Les Mêmes, LEFRANGIN.

LEFRANGIN (3), sortant de la chambre du fond, descend
par la droite et vient à eux. — A part.

Tiens, le protectorat!... (Haut.) Pardon, messieurs..
j'ai bien l'honneur de vous saluer... (Il se présente.)
Lefrangin, directeur des Folies-Electriques... Oh! je
vous connais bien!... Yaya m'a fait de vous le plus
grand éloge... Parole, vous m'êtes très sympathi-
ques!... Aussi je n'irai pas par quatre chemins...

BOBŒUF.

Par quatre chemins?

LEFRANGIN.

Vous avez raison, je vais prendre le plus court. Voilà... (Le comte et Bobœuf s'assoient sur le canapé.) Je porte de l'intérêt à mademoiselle Yaya, ma pensionnaire. Elle a de l'entrain, du chic, de la tenue. Elle me plaît. C'est une artiste. Une vraie. En un mot, cette petite femme-là a quelque chose dans le ventre...

LE COMTE.

Je ne vois pas...

LEFRANGIN, l'interrompant.

Vous me permettrez bien de placer un mot?... J'ai pensé que, dans les circonstances qui me valent le plaisir de votre rencontre, je devais lui tenir lieu du père qu'elle n'a jamais eu, et j'ai décidé que son enfant aurait un nom.

LE COMTE et BOBŒUF.

Il en aura un!

LEFRANGIN.

Lequel?

LE COMTE.

Nous le saurons tout à l'heure...

LEFRANGIN.

Alors, l'un de vous, messieurs, reconnaîtra le petit?...

LE COMTE.

Oui, monsieur!

LEFRANGIN.

Et la mère?... Qu'est-ce que vous faites de la mère?

LE COMTE.

Nous la gardons!

LEFRANGIN.

Parfait! Mais sa situation ne sera plus la même...
Une mère de famille, la mère de votre enfant ne
peut plus chanter en lever de rideau, avec 90 francs
par mois...

BOBŒUF.

C'est vrai.

LEFRANGIN.

J'ai bien pensé à l'augmenter et à lui donner une
place passable dans mon programme. Mais il y a
mieux à faire...

LE COMTE.

Peut-être...

LEFRANGIN.

Eh bien, tenez, tenez, messieurs... Je suis venu
ici vous dire que je peux faire de Yaya une grande
artiste, une étoile de première grandeur! Que faut-il
pour cela? du travail? Non! du talent? Point? Il
faut de la pu-bli-ci-té!... Grâce à la publicité, votre
petite amie verra son nom flamboyer en lettres de
feu à la façade de mon établissement. Elle connaîtra
la joie du « double colombier » sur les colonnes Mor-
ris! Et des articles dithyrambiques diront sa gloire
aux populations étonnées!... Seulement, voilà... Ces
frais supplémentaires, pour que je puisse les réa-
liser...

LE COMTE, se levant.

J'ai compris. Une commandite vous est nécessaire...
il faut que notre enfant soit fier de sa mère, n'est-ce
pas, mon cher Bobœuf?

BOBŒUF, se levant.

Certes! Et pourquoi celui de nous que ne désignera pas la ressemblance ne paierait-il pas la publicité?

LE COMTE.

J'allais vous le proposer... Merci! Que ne sommes-nous encore au xvᵉ siècle!... Je me ferais un plaisir de vous armer chevalier de ma main!

Ils se rassoient sur le canapé.

SCÈNE XII

LES MÊMES, MADAME TANCHU, puis MÉLANIE.

MADAME TANCHU (3).

Tiens, messieurs mes gendres!... Bonjour! Ça va bien?... Vous n'avez pas vu Mélanie? (Remontant au milieu et appelant.) Mélanie!...

MÉLANIE, entrant de gauche, deuxième plan, vient à madame Tanchu.

Madame?

MADAME TANCHU.

Amenez-vous. Vous remplacerez la garde qui ne vient pas.

Elle la prend par la main, la conduit à la chambre et la fait passer.

MÉLANIE.

En v'là une idée!

Elle sort.

MADAME TANCHU, sur la porte.

Vous impatientez pas... Dans un instant tout sera fini...

SCÈNE XIII

LE COMTE, BOBŒUF, LEFRANGIN.

Tous trois tombent assis : le comte et Bobœuf sur le canapé,
Lefrangin sur le fauteuil.

LEFRANGIN.

Je n'ai plus un cheveu de sec !

LE COMTE.

C'est un rude moment à passer...

BOBŒUF, confidentiellement, au comte.

Je crois bien !... Mon pauvre père est mort en me mettant au monde !

SCÈNE XIV

LES MÊMES, MADAME TANCHU, du fond, puis MÉLANIE.

MADAME TANCHU, sur le seuil.

Ça y est !...

Tous se lèvent.

TOUS.

Ah !...

MADAME TANCHU.

Un garçon !

BOBŒUF et LE COMTE.

Mon fils !

LEFRANGIN, en sourdine.

Mon fils !

MADAME TANCHU, entrant, tous se rapprochent.

Voilà l'objet !...

BOBŒUF.

Tout mon portrait !

LE COMTE.

Pardon ! Le mien.

LEFRANGIN, à part.

Il n'y a pas à dire... c'est ma gueule toute cra-
chée !..

LE COMTE, à Bobœuf.

Voyons, monsieur, il est bien visible que...

BOBŒUF.

Pas du tout ! C'est le contraire qui est visible !

LE COMTE, menaçant.

Monsieur !..

BOBŒUF, même jeu.

Monsieur !..

LE COMTE, même jeu, plus accentué.

Monsieur !!!

BOBŒUF, même jeu, encore plus accentué.

Monsieur !!!

MÉLANIE (4), venant du fond avec un autre poupon, qu'elle
donne à madame Tanchu.

C'est pas fini!.. En v'là encore un!..

Elle rentre dans la chambre.

TOUS.

Ah!..

LEFRANGIN.

Cette bonne Yaya!.. Elle a enfin connu les hon-
neurs du bis!

Jeu de scène. Le comte et Bobœuf s'emparent chacun
d'un poupon.

LE COMTE.

Pas d'erreur possible! Voici le mien.

BOBŒUF.

Je ne peux te renier, ô mon fils!

LE COMTE, à Bobœuf.

Il a le nez de Philippe de Tudieu!

BOBŒUF, au comte.

A-t-il bien la bouche des Bobœuf!

LEFRANGIN, à part.

Et comme le reste est bien de moi!..

SCÈNE XV

Les Mêmes, LE DOCTEUR.

LE DOCTEUR, entrant du fond en coup de vent.

Où sont-ils, mes chers petits?..

LEFRANGIN, bas.

Tenez-vous donc ! Il y a du monde !

LE DOCTEUR (4), même jeu.

C'est vrai... victime du devoir... Avez-vous vu comme ils me ressemblent ?

LE COMTE.

Docteur, je vous remercie de vos bons soins !

BOBŒUF.

Je vous enverrai du linge américain... Mais peut-on voir la malade ?.. Le temps de la remercier...

LE DOCTEUR.

Deux minutes... puis elle reposera. Elle l'a mérité !

Tous, moins le Docteur, entrent chez Yaya, le Comte et Bobœuf conservant les poupons sur leurs bras.

LEFRANGIN, au Docteur.

Vous êtes sûr que c'est bien fini ?...

Coup de sonnette.

SCÈNE XVI

LE DOCTEUR, HEM-HILL.

Le Docteur, assis à table, prend un petit verre.

HEM-HILL, accent marseillais. Il met son chapeau sur la cheminée.

Hé ! Docteur !

LE DOCTEUR.

Tiens, monsieur Hem-Hill, le comique de nais-sance.

Il passe.

HEM-HILL (2).

... et la joie des Folies-Electriques... Comment va la petite camarade, hé ?... On m'a dit la grande nouvelle dans l'antichambre... Deux d'un coup ! Savez-vous que c'est épatant ?...

LE DOCTEUR, flatté (1).

Vous êtes bien bon !..

HEM-HILL.

Dites donc... on peut tout vous confier, à vous, un médecin ?.. Un médecin, ce n'est pas un homme...

LE DOCTEUR.

Mais !...

HEM-HILL.

Ecoutez... Yaya est ma voisine de loge... Je lui plaisais, naturellement... Et comme je ne sais rien refuser aux dames... Vous comprenez ?.. Mais cette fois, j'ai trop écouté mon courage !.. Nous autres comiques, nous qui sommes si gais, les femmes sont folles de nous... (Le Docteur, abruti, chancelle et s'assied sur le canapé.) Mais qu'est-ce que vous avez ?.. Ça ne va pas ?... (Il lui tâte le pouls.) Bah ! un peu de fièvre... ça ne sera rien... Un cachet de quinine et un bain de pieds ce soir, avant de vous mettre au lit...

LE DOCTEUR, furieux.

Vous, fichez-moi la paix !

Il remonte.

HEM-HILL, s'éloignant, fond droite.

Pas poli, ce médecin !

SCÈNE XVII

Les Mêmes, LEFRANGIN, LE COMTE, BO-
BŒUF, MADAME TANCHU, portant les poupons,
puis MÉLANIE, et enfin LE MUNICIPAL.

Le comte, madame Tanchu et Bobœuf s'assoient sur le canapé.

MADAME TANCHU, au comte et à Bobœuf.
Alors, vous êtes contents ?

LE COMTE.
On le serait à moins !

BOBŒUF.
Oh ! les pures joies de la famille !..

HEM-HILL.
Hé ! Bonjour, madame Tanchu !... Bonjour, mon
cher directeur !..

LE DOCTEUR.
Moins haut ! L'accouchée repose... (A Lefrangin,
bas.) Croyez-vous ?.. Ce cabot qui vient se vanter à
moi d'être le père de ces deux adorables bébés !...

LEFRANGIN, à part.
Comment ? Encore un !..

Bobœuf, le comte, Lefrangin contemplent les poupons,
dans les bras de madame Tanchu. Sur la réplique « Encore un », coup de sonnette.

LEFRANGIN, agacé.
Ah ! cette sonnette !

3

MÉLANIE, entrant.

V'là la garde !

LE DOCTEUR.

Elle arrive un peu tard.

Entre le municipal, qui veut mettre son shako sur la cheminée et ne trouvant plus de place le garde sur la tête.

LEFRANGIN.

Qu'est-ce que c'est que ça ?...

LE MUNICIPAL.

Salut, la compagnie !.. Tiens, monsieur Lefrangin !.. Vous ne me reconnaissez pas ? C'est moi que
j'avais les fonctions de garder les bijoux dans la
loge de mademoiselle Yaya.. Pour lorss, tout à
l'heure... (Désignant Mélanie.) Quand cette jeunesse
est venue au poste de ma caserne demander la garde,
parce que mademoiselle Yaya accouchait, j'ai compris qu'il s'agissait de moi... et je m'ai amené...
Voilà !

MADAME TANCHU.

Mélanie est une gourde !.. Vous n'avez rien à voir
dans tout cela, mon garçon.

Tous, sauf Lefrangin et Mélanie qui sort, s'occupent des
poupons.

LE MUNICIPAL.

Ah ! mais pardon ! C'est que...

LEFRANGIN, l'amenant à l'avant-scène.

Je crains de comprendre... Yaya vous a trouvé bel
homme, vous... et elle ne vous l'a pas envoyé dire,
sans doute ?..

LE MUNICIPAL.

Tu parles !.. (se reprenant.) Vous parlez !.. Il y a de
bons moments, dans l'existence d'un militaire !..

LEFRANGIN.

C'est complet !

Madame Tanchu chantonne en berçant les poupons : « Sur le pont d'Avignon ». — Tout le monde reprend en sourdine.

LEFRANGIN.

Yaya ! Le pont d'Avignon ! Ah ! oui, tous en rond !

Coup de sonnette.

MÉLANIE, entrant.

Il y a là un monsieur...

LEFRANGIN, l'arrêtant.

Ah ! zut !.. Ah ! non !.. Mélanie, ne laissez plus entrer personne !

Rideau

Imprimerie Générale de Châtillon-sur-Seine. — A. Pichat.

EN VENTE CHEZ LE MÊME EDITEUR

(Format grand in-18 jésus)

COMÉDIES ET COMÉDIES-VAUDEVILLES NOUVELLES

	fr. c.		fr. c.		fr. c.

GEORGES ANCEY

L'Avenir, 3 actes . . . . 2 »
La Dupe, 5 actes . . . . 2 »
Grand'Mère, 3 actes. . . 2 »
Les Inséparables, 3 ac. 2 »
Monsieur Lamblin, 1 a. 1 50

HENRY BECQUE

Les Corbeaux, 4 actes . 2 »
Les Honnêtes Femmes,
1 acte 1 50
Michel Pauper, 5 act. . 2 »
La Navette, 1 acte . . . 1 50

ALEX. BISSON

Le Bon Juge, 3 actes . 2 »
Le Bon Moyen, 3 actes. 2 »
Château Historique, 3
actes. . . . . 2 »
Un Conseil judiciaire,
3 actes. . . . . . . 2 »
Le Contrôleur des Wa-
gons-lits, 3 actes . . 2 »
Un Coup de tête, 3 act. 2 »
Le Député de Bombi-
gnac, 3 actes . . . . 2 »
Disparu!!!, 3 actes. . . 2 »
Docteur !, 1 acte 1 50
Les Erreurs du mariage,
3 actes. . . . . . . 2 »
La Famille Pont-Biquet,
3 actes . . . . 2 »
Feu Toupinel, 3 actes . 2 »
La Gymnastique en
chambre, 1 acte . . 1 50
L'héroïque Le Cardu-
nois, 3 actes . . . . 2 »
Jalouse ! 3 actes. . . . 2 »
Les Joies de la pater-
nité, 3 actes. . . . . 2 »
Mam'zelle Pioupiou, 5 a. 2 »
Monsieur le Directeur,
3 actes. . . . . . . 2 »
Mouton ! 1 acte. 1 50
Nos Jolies Fraudeuses,
3 actes. . . . . . . 2 »
Le Roi Koko, 3 actes . 2 »
Le Sanglier, 1 acte . . 1 50
Les Surprises du Di-
vorce, 3 actes . . . 2 »
Le Terre Neuve, 3 act. 2 »
Le Véglione, 3 actes. . 2 »
Veuve Duroz !! 1 acte. 1 50

B. BJÖRNSON

Amour et Géographie,
3 actes et les Nou-
veaux Mariés, 2 actes.
Un volume. 3 50
Au delà des forces, 1re
et 2e parties, 4 actes. 3 50
Une Faillite, 4 actes. . 2 »
Un Gant, 3 actes . . . 3 50

Léonarda, 4 actes. . . 3 50
Le Roi, 4 actes et Le
Journaliste, 4 actes. 3 50

M. BONIFACE

La Crise, 3 actes. . . . 2 »
Les Petites Marques, 2
actes. . . . . 2 »
La Tante Léontine, 3 a. 2 »

BRIEUX

Les Avariés, 3 actes. . 3 50
Le Berceau, 3 actes . . 2 »
Les Bienfaiteurs, 4 act. 2 »
Blanchette, 3 actes. . . 2 »
L'Ecole des Belles-Mè-
res, 1 acte 1 50
L'Engrenage, 3 actes . 2 »
L'Evasion, 3 actes. . . 2 »
Ménages d'Artistes, 3 a. 2 »
Résultat des Courses,
5 actes. . . . . . . 2 »
Les Remplaçantes, 3 a. 2 »
La Robe Rouge, 3 a. . 2 »
La Rose bleue, 1 acte . 1 50
Les Trois Filles de M.
Dupont, 4 actes. . . 2 »

**GEORGES COUR-
TELINE**

L'Article 330, 1 acte. . 1 »
Les Boulingrin, 1 acte. 1 50
Un Client sérieux, 1 a. 1 50
Gros chagrins, 1 acte . 1 »
Hortense, couche-toi !
1 acte . . . . 1 »
Une Lettre chargée, 1 a. 1 »
Théodore cherche des al-
lumettes, 1 acte . . 1 »
La Voiture versée, 1 a. 1 »

F. DE CUREL

L'Amour brode, 3 actes
(in-8o) . . . . 4 »
L'Envers d'une Sainte,
3 actes. . . . . . . 2 »
La Figurante, 3 actes . 2 »
La Fille sauvage, 6 a. 2 »
La Nouvelle Idole, 3 a. 2 »
Le Repas du lion, 5 act. 2 »

**MAURICE HEN-
NEQUIN**

Coralie et Cie, 3 ac. . 2 »
Inviolable !, 3 actes . . 2 »
Les Joies du foyer, 3 a. 2 »
M'amour, 3 actes. . . . 2 »
Le Paradis, 3 actes . . 2 »
Place aux Femmes ! 3 a. 2 »
Le Remplaçant, 3 actes. 2 »

HENRIK IBSEN

La Comédie de l'Amour,
3 actes. 3 50
Le Canard sauvage, 5
actes et Rosmersholm,
4 actes. 3 50
La Dame de la Mer, 3
actes et L'Ennemi du
Peuple, 3 actes. . . 3 50
Empereur et Galiléen.
2 parties 3 50
Hedda Gabler, 4 actes. 3 50
Les Prétendants à la
Couronne, 5 actes, et
Les Guerriers à Hel-
geland, 4 actes . . . 3 50
Les Revenants, 3 actes. 2 »
Les Soutiens de la So-
ciété, 4 actes, et l'U-
nion des Jeunes, 3 a. 3 50

JEAN JULLIEN

L'Ecolière, 5 actes . . 2 »
La Poigne, 5 actes . . . 2 »
La Sérénade, 3 actes. . 2 »

**G. LENOTRE et
G. MARTIN**

Colinette, 4 actes. . . 2 »

HENRI MALIN

Médor, 3 actes . . . . 2 »

LOUIS MARSOLLEAU

Le dernier Madrigal,
1 acte . . . . 1 »
Mais quelqu'un troubla
la fête, 1 acte. . . . 1 »

**L. MARSOLLEAU
et BYL**

Hors les lois, 1 acte . . 1 50

EUGÈNE MORAND

L'Ile heureuse, 3 actes. 2 »

GEORGES RIVOLLET

Alkestis, 4 actes. . . . 2 »

J. H. ROSNY

La Promesse, 2 actes. 1 50

**A. SILVESTRE et
E. MORAND**

Les Drames sacrés, 10
tableaux (in-8o). . . 4 »
Griselidis, 3 actes
(in-8o) . . . . 4 »

GABRIEL TRARIEUX

Sur la foi des étoiles,
3 actes. . . . . . . 2 »

Imprimerie Générale de Châtillon-sur-Seine. — A. Pichat.

www.ingramcontent.com/pod-product-compliance
Lightning Source LLC
Chambersburg PA
CBHW060854180626
46818CB00004B/1703